KB170255

숲은 아직도 비다

윤복선 시집

초판 발행 2018년 12월 29일

지은이 윤복선

펴낸이 안창현 **펴낸곳** 코드미디어

북 디자인 Micky Ahn **교정 교열** 오재령

등록 2001년 3월 7일 **등록번호** 제 25100-2001-5호

주소 서울시 은평구 갈현로 318-1 1층

전화 02-6326-1402 **팩스** 02-388-1302

전자우편 codmedia@codmedia.com

ISBN 979-11-89690-05-2 03810

정가 10,000원

숲은 아직도 비다

윤복선 시집

날마다 오는 아침이지만

오늘 아침은 특별한 날이 되었습니다.

기도하는 마음으로 문을 열고

첫발을 떼어봅니다.

눈송이처럼 바람에 날려

너와 나의 가슴에 참 시문학의 기쁨이

스며들 수 있었으면 좋겠습니다.

모든 것에 감사합니다.

2018.12.25

윤복선

contents

01

담쟁이 벽화

작품 해설 | 지연희 (시인) · 136

시는 언어라는 도구로 집을 짓는 초월의 경지

02

물들고 싶어

03

두고 간 거울

04

벽에 걸린 미소

05

오늘은 그랬다

숲은 아직도 비다

밤이면 달빛주 한 잔 걸치고
영혼을 채워 잠이 든다
추루츠츠따 추루츠츠따
좋겠다
후회된다 해도
지는 해 앞에서
봄이야 봄이야 봄이다

–「겨울나무」부분

1

담쟁이 벽화

부엉이 - 나, 봄

그날
마지막 겨울이었을까, 봄 눈은
도심 부엉이 저녁 설움
차가운 초승달에 걸렸다

내년 겨울 다시 오마
약속은 못해도
마지막 토해내는 울음
가슴에 머물다
허공으로 날았다

그 밤
나도 걷고 있다

꽃잎 깔고 앉은 눈 속을
오는 봄도 설프다고
머쓱함을 달랬다

너와 내가 같은 빵을 먹던 날

고양이와 눈이 마주쳤을 때
몰아치는 섬뜩함
그것은 너와 나 사이에
무너져 버린 신뢰 때문이었다
너의 눈빛은 삶과 죽음의
경계가 있었고
나의 눈빛은 호기심과 두려움이 있었다
동네 노랑 빵집에 가는 길
비가 내리기 시작했다
다시 그 길을 돌아올 때
너는 나무숲에 웅크리고 있었다
나는 지나쳤다가 다시 돌아가
빵 한 개를 내밀었다
녀석과 나 사이
빵은 무엇이었을까
참 오래 생각해 보았다

마애보살

바람 따라 나뭇잎이 움직이는 찰나는
표현할 물감이 없고
문경 용암사 바위산은
달구벌의 천년지기 나를 품어주었다

돌 바닥 계곡물은
사랑을 씻고 정을 쓰다듬어
수천 해를 흘러서 어디로 갔을까

초파일 등 하나 없는 대웅전에서
알 듯 모를 듯 부처 닮은 미소로
큰스님은 마음을 보라 하시고

마당에 핀 할미꽃은
빗살무늬 바람 씨만 앙상한데
목단은 속절없이 흐드러진다

묵언수행 동행 길에 산새도 숨죽이고

돌 계단 하나하나 내 이름 불러보다가
바위에 새겨진 마애보살 앞에
합장한 너의 닉네임이 복선이란다

연등

삶과 죽음이 연등에 매달려
누군가 만든 길 따라
아카시 바람에 웃을까 말까
산사 가는 길

비결이라도 찾을는지
꿈이라도 쫓는 건지
오르는 길은
하늘과 땅이 맞닿아
숨이 차다

젖은 얼굴 무거운 발걸음
돌계단 하나하나
연주암 높은 봉 아득한데
난데없는 산새
한 줄 획을 긋고
보란 듯이 사라진다

기뻐도 웃지 못하고
슬퍼도 울지 못하는
가난한 나를
연등 하나에 깡그리
버리고 와야지

그랬구나

양수리 강물은 탯줄처럼
나를 잡고 놓아주지 않았다
하고 싶은 말을 가슴으로 삼키고
저녁 해는 검붉게 지고 있었다

연꽃 진 자리
잎은 핏기 없는 얼굴로 목을 길게 빼고
그리운 이들의 단체사진처럼 내게 왔다
세미원 정원 등이 어둠을 희미하게
걷어내고 있을 때

바람이 왔다 갔을까
떨군 잎은 지표 잃은 난파선 가슴을 파고
이기고만 싶었던 젊은 날
지고만 살았던 자화상 하나

강물처럼 흐르고 싶었다
지는 해처럼 평화롭고 싶었다
이제는 연꽃으로 다시 피고 싶었다

봄 나들이

노랑나비 아지랑이 사이로
산천에 어지럽다

배고개 성황당 하얀 고무신
모퉁이 돌고 돌아

백탄 석탄 타는 가슴
돌 하나로 올려놓고

내 새끼가 나비고 꽃이구나

졸음 온 손녀는 등나비 되어
오는 봄도 가는 봄도 무념인데

지금은
흑백사진 하나가 거기 걸렸다

겨울나무

가지마다 손 뻗어 기지개
온몸으로 햇빛 품어 거꾸로 자란다
허름하고 철 지난 옷가지
모두 벗어놓고
나른하고 수줍게 웃다가
눈 오면 하얀 코트
바람이 벗겨줄 때까지 도도하다
밤이면 달빛주 한 잔 걸치고
영혼을 채워 잠이 든다
추루츠츠따 추루츠츠따
좋겠다
후회된다 해도
지는 해 앞에서
봄이야 봄이야 봄이다

가을밤

우거진 산책길 나뭇잎 떨어져
이불 펴고 누웠다
달빛 보자기
서둘러 가을을 싸매고
사각사각 걸음마다 사라져갔다
불타던 가을은 누군가의 가슴에서
전설이 되고
새 봄,
열어줄 열쇠는
작은 손에서 바스락거린다

가을 문턱

이때쯤이면
풋도토리 떫은 향
온 숲에 가득하고

보라꽃 송알대는 싸릿대
바람 일면 싸한 향기
파고드는 고향길

마당 한쪽
여름 황매 무섭더니
감쪽같이 진 자리에
구절초 촘촘히 올라오고

담장 너머 해바라기
배돌은 색깔
꿀벌 대신 잠자리 쉼터
건초향 같기도 하고

와르르 쏟아지는 가을 길목에

잊혀졌던 얼굴들이 달려온다

가을 그리움

담쟁이 벽화

말은 짧아도 마음은 깊은 것이
운명이 엮어준 시간을 바느질한다
실타래 풀어내어
잔뿌리로 만든 실루엣이
벽 등 사이로 바람이 흐르는
초원이 된다
차곡차곡 탑을 쌓듯
푸른 지도 만드는 그 집, 벽화
맨 밑 낡은 부모님
아들 손자 삼대가
주름 펴면서 맞잡고 밀어올려
세상구경 다 하라고
땀 흘려 오르는 것이
닮았다

나목

그래도 봄은 왔다
저녁 하늘이 일상을 안고
이불을 깔고 누웠다, 그날
밤새 실바람 일더니
어린아이 젖니처럼 새순이 돋고
아침 눈뜨니 지천이 꽃이다
소나무 젖살이 오르고
미루나무 아기 손 춤 사래 아리한데
무슨 까닭일까 바람도 머물지 못해
이름도 얼굴도 잊었다
홀로 벗은 몸 하나 덩그러니 부끄러워
잠 못 이루는 밤
차라리 괜찮다

억새풀

울어라
목울대 터지도록
밤새 울어라
새끼 잃은
맹수처럼 포효하고
산천이 찢어지게
몸부림도 아끼지 말아라
펄펄 끓는 물이었다가
얼음이 되거라

그리고
푸르던 자존심 내려 놓고
하얀 머리카락
가지런히 쓸어 올리던
야윈 손가락
가을이 앉아 쉬어가던 날들
돌아보지 말고
전설처럼 사라져라

봄비 오는 날

봄비
땅을 때리고 튀어오르면
꽃잎으로 피다가
바다가 된다

우산 위로 쏟아지는 멜로디
이름 없는 뮤지스가
땅속까지 춤추게 한다

빨간 신호등이 바뀌고
빠르게 연주되는 피아노 건반 위로
맨발이 내달리고
행선지도 모르는 333 버스에
냅다 뛰어올라

멈추지 마라
생애 단 한 번만이라도
젖어 보련다
후회 없이 꽃이 되련다

갈참나무

눈 녹은 잔디 위에
군데군데 설탕조림처럼 남아
아삭한 발의 느낌
거기에 서 있는 너
잎도 떨궈내지 못하고
누덕누덕 오그라져
겨울을 나는 너는
갈참나무 한 그루

제일 먼저 미쳐서 붉더니
철없이 빨대 꽂아 놓고
봄이 오기를 기다리나
너만 할 수 있는 얘기가
주저리주저리 매달려
푸쳐핸섬푸리
언어 중에 인생어를 배우고
답은 몰라요
봄이 와도 너는 갈참나무란다

쉼표

잎이 진 나뭇가지 그림자가
보도블럭에 혈관처럼 흘렀다
바람이 불면
일제히 일어섰다 앉기를
반복하는 업다운
비라도 내리면
흔적도 없이 사라진다
멈춤의 불편함이
멀리뛰기의 원동력이기를 기도하며
계절이 바뀌면
혈관은 보드랍게 살이 찐다
머지 않은 봄의 생명력은
벽을 뚫고 일제히 봉기할 것이다
그리고 말없이
엑스레이 사진 한 장이 햇빛에 걸리면
보도블럭은 카페가 오픈된다
봄바람이 신고 온 허브와 꽃차
마음으로 값을 내는 무인 카페
쉼표 하나 찍고 간다

봄을 기다리는 까닭

목련 피던 꽃자리
어머니 향기 닮아
나 기다리고 기다렸나 봐
해마다 그 봄을

햇살이 치맛자락처럼 내려 앉아
내 머리 쓰다듬던 당신 손길
어렴풋한 젖 내음
그립고 그리웠나 봐
흰머리 기웃대는 이 나이에도

다 주고도
더 주고 싶어 했던 사랑
보이지 않아서
들리지 않아서
벌써 봄을 기다리나 봐
시작되는 겨울 앞에서

산책길에서

풍등 내려 앉은 호수
물오리 퍼덕임 정적을 깨고
겨울로 달리는
어둠 속 낮은 빛
스러진 갈대를
액자로 담아냈다

옷을 벗은 나무 사이로
차가운 졸음이 내려앉고
버드나무 홀로
풍성한 머리채가
바람에 느끼는
고단한 이 밤

그 길을 걷고 있는 등 뒤로
눈 먼 달빛 하나 따라오고
한여름 빈자리 없던 벤치에는
먼 길 온 눈이 내려 앉아
세상 얘기 하얀 설움
밤새워 담아낸다

죽게 생겼다는 건지
살만하다는 건지 말이 없길래
오다가다 안 보는 듯
물만 축여 주었다
그날도 그랬는데
꽃이다
마음이 사정없이 흔들렸다
사랑이 오려나 보다

-「선인장」 부분

2

물들고 싶어

가을이 끝날 때

가을 산은 고운 한복을 입고
저무는 들길을 걸어
사립문을 걸고 들어왔다

온 밤이 바람 일어
떨궈낸 제 살들은
창문 밑에 모여 비밀을 털어내고

등불을 마주한 가을 산은
차 한 잔을 부어
여기까지 달려온 고단한 몸을
씻어낸다

이제 그만 뜨겁게 달궜던 봄 여름 가을
찬바람 불어 가장 추운 날
불을 끄고
천천히 옷을 벗는다

인샬라
신의 뜻대로

그날

하얀 눈이 쏟아지고 바람 불더니
곳곳이 한파 얼음 오는 길
한강도 그렇지만
내 동네 작은 시냇물도 얼음이다
무리에서 이탈한 아기 물오리
얼음장 밑으로 가출을 꿈꾸고
눈으로 지워진 것이 어디 길뿐이랴
돌아갈 수 없는 것과
누구에게나 주어진 하루
아무렇게나 구겨 넣고
그 위로 핏기 없는 낮달
네 마음의 온도가 두꺼운 얼음 깎아내고
내 마음의 온도가 녹여내어
돌돌돌 막힘없는 흐름
그 길 통해서 봄이 오라마는

물들고 싶어

가을비가 내리는 아침
창 너머로 뜰이 보이고 사람은 없는데
우산 없이 걷고 싶었습니다

나무처럼 들꽃처럼
온몸으로 비를 맞으면
저리 고운 단풍 들 수 있을까 싶어서요
가을이 될 수 있을까 싶어서요

우산은 거기에 숨겼습니다
누구에게나 있는데
가장 귀한 거니까요

온 우주를 다 덮는
그런 우산 하나
거기에는 크기가 무한대니까요

기도

보이지 않는 것을
들리지 않는 것을
말하지 않는 것을
느끼게 하소서

표류하면서도
목적지가 있는 것이
삶이라면
염치가 없어
내 기도는 생략하고
살기로 했습니다 그러니

바람이
햇살이
하늘이
우리를 위해
기도하게 하소서

그녀가 보낸 소녀의 꿈

가을 비가 추적추적
시간을 불러 마주한 너는
얼굴도 기억 못 할 작은 계집애
어느 꿈속에서
아니 전설 속에서
세상을 바꾸며 살겠다더니
그것만이 꿈이라더니
파전 한 잎
농주 한 잔
가을 비는 추적추적
구름도 쉬어갈 수 없는
외로운 산이 되어 젖고 있다
이제는 이름도 나이도 잊어라
비가 내리는 허공에 매달려
파르르 떨고 있는 거미집
빼곡한 빗방울 실크 스카프처럼
바람에 춤을 춘다
마지막 남은 농주에 입술을 대고
저기 춤추는 그녀를 보내려 한다

선인장

물 한 모금 마시지 않았다
한 번도 보지 못한 뿌리
그것도 집이라고 마른 흙 속에 감추고
자존심만 칼날같이 세웠다
한 달이 지나고 일년이 지났다
저 혼자 움츠리고 죽게 생겼다는 건지
살만하다는 건지 말이 없길래
오다가다 안 보는 듯
물만 축여 주었다
그날도 그랬는데

꽃이다

마음이 사정없이 흔들렸다
사랑이 오려나 보다

별리

은퇴하던 날
빠르게 움직이던 사람들 속에
하늘이 있고 땅이 있는데
길을 잃은 구두는
어느 카페 62킬로그램을 내려놓고
아메리카노 한 잔에
내가 있었다

위로도 싫고
격려도 싫고
걱정도 싫었던 하루
아니 사람이 싫었던 하루였던가

안주머니에는
그동안 다 쓰지 못한 명함
직함과 이름 석자가
나를 쳐다본다
벽에는 87억짜리

'행복한 눈물'이라는
가짜 그림이 걸려있다

찻잔이 비워지면
명함을 버리고
당당하게 집으로 가자
내일 아침은
하루 종일 뒹굴어야지
내게 주는 첫 보너스다

어떻게 할까

주인 없는 빈 집 마당
하얀 목련만 숨은 뜻을 기도하고
갈 길 잃은 기러기
저무는 하늘만 쳐다본다

아이야 일어나라
장대 매고 별 따러 가자
돌돌대는 시냇물 따라
아픔이 켜켜이 쌓인 밤
아무도 모르게, 무섭다 말고
고양이처럼 가볍게

거리에서 하룻밤도,
버려진 빵으로 배를 채우고
안개 낀 새벽 거리를
질주하듯 내달아
처참하게 부서지자

그래서 일어나자

아프냐

미안하다

독백

청산도 서편제 실마냥 걷고 싶다

풋보리 스치는 바람소리

개울물 성난 표범처럼 내달리는 물소리

내 안에 휴화산 터져

산산이 부서지는 소리 귀 기울여

밤새 울어주는 철새 따라

느린 걸음, 돌아올 수 없을 때까지

뒤도 안 보고

앞도 없이

그냥 걷고 싶다

모든 순간 키보드 까만 자판기가

걸음마다 오타를 남겨

누구도 읽어내지 못한다 해도

그게 나라면

아니 그게 온전히 "나"일 것이다

마지막 봄

그립다 말하고 얼굴 들어 하늘 보면
목련 한 송이 핏기 없는 얼굴로
웃어주는데 슬픈 그녀
맞잡은 손은 기도 없는 촛불
등 뒤로 따라오는 달빛은 고운데
소리 없는 발자국
안개 스치는 공기처럼 날린다
멀리 있어 그윽하고 맑은 향기
혼자 하는 이야기가 목련으로 터지다가
나에게도 잔인한 4월이
찬찬히 흩어진다
아름다워서 서성이는 길 잃은 나그네 같은 봄
그리고 목련
그리고 내 언니가 있다

행복으로 가는 길

고요하고 싶어
호수길을 걸었다
머리 위로 햇살을 이고
발아래 봄날의 기운을 밟고
심호흡해본다
따로 또 같이
우린 나무 하나에 매달려
누가 더 높이, 아픈 팬더
오르고 보면
내려올 길 멀어
사랑이 닿지 않는 그곳
한 치 앞도 모르지만
나무를 세우는 흙이 되어
아침 이슬처럼 가볍게
고요하고 싶어

꿈

잊고자
떠났던 것은 아니었습니다
하고 싶은 말이
쏟아지는 비처럼 많았지만

눈을 감고
귀를 막고
입을 다물어
시작도 못 해보고 말았습니다
청춘이 그랬고
지금도 그렇습니다

버킷리스트
백지 위에 번호 붙여 적어 보듯이
눈 감고 써보는
꿈 1번
꿈 2번
꾸다가 잠이 들면
허공에 동그라미
너울너울 나비 되어 날아갑니다

구절초

해 걸음 떨어지고
달빛이 내리기 시작할 때
하얀 얼굴로 흔들리고 있는 너

매일 걸었던 그 길
분명 어제까지 없었는데
오늘 너는 까맣게
나를 어지럽힌다

어느 밤에 피었을까
가을 바람 불던 날
아니면 쪽비가 내리던 날
그럼 달빛이 가장 컸던 날일까

아름다움이 넘치면
슬퍼 보인다
너는 그런 꽃이다
그래서 아픈 꽃이다

다가설 수 없는 들길에 피어
접시 같은 꽃
돌아와서 잠 못 이루게 하는
가슴에 남는 꽃이다

목수국 피는 밤

가로등 밑에 키 작은 보얀 그리움
그 무엇으로 고개 떨군
너
때문에
가던 길 멈추고
내 마음 자작자작 모두 태웠다

물 흐르는 숲길에
여름 풀벌레 소리
칠흑 같은 어둠 속에서
요란하게 불러도

한여름 밤
침묵으로 말하고
기다림으로 자라는
너
때문에
곁눈 주지 않고

내 진심 내려 놓고 말았다

너의 맘

언제 변할지

내 마음

언제 떠날지

이 밤엔 묻지 않기로 하자

아니 아니 묻지 말자

나들이

전등사 가던 길에
소나기 맞아 젖은 옷자락
대웅전 앞 수련인가
연꽃인가 하던 차에

처음 알았네
갈라진 잎과 물 위에 바짝 붙은 것은 수련
통 잎에 꽃대 밀어 올린 것은 연꽃이란 걸

푸른빛이 너울대는
중창을 사이에 두고
차방에 앉아
젖은 옷 말리며
꽃 차 한 잔

님 앞이면
더 좋았을 텐데
혼자라서 마주한 큰 산

숨이 차서

돌아오는 길에

모두 버리고

나만 오고 말았네

친구야

피었다가 사라진
봄 꽃 자리
치자꽃 같은 밤이었나
백합 같은 밤이었나
말하지 않아도 통하면
곁에 두지 않아도
외롭지 않을 거야

파도 거품 치고 날으는 갈매기
불 꺼진 등대 밑에 앉아
더 이상 항구가 아니라며
평생 여자로
살지 않았다던 너는
말하는 꽃
생각하는 나무

시작하려는 연인의
심쿵이 되어서

두 손 모아 기도하는 꽃봉오리

눈 뜨지 말고 잡은 손 놓지 말고

가자

풍경

기차가 달린다
프랑스에서 스위스로
가끔씩 안내방송이 나오고
사람들은 말이 없다
졸음 오다 창밖을 보면
구름이 버겁다고 비로 내리고
짬을 내서 나온 오후의 태양 아래
열병식을 하는 나뭇가지 사이로
새집 둥지가 알곡처럼 달려있다
내 마음도 하나 담아 걸어 두었다
모든 것이 멈출 것 같지 않아
눈 뜨면 아직도 철길
언제나 시작처럼 가고 싶은 길
끝없이 달리는 기차

숲은 아직도 비다

비 오면
쉬어는 가도 되돌아가지 못하는 남자는
있어야 할 그곳에 있기 위해
길이 없는 그 길을 전설처럼 가고 있다

－「한 남자」 부분

두고 간 거울 3

운명 그 길 위에

당신 혼자 한 사랑
기억의 향기만 해풍 한 줌 불러와
먼 산 상고대에 걸고 눈이 부신 햇살 물살
달갑지 않던 흰 머릿결 이제는 쉬어가라
어림짐작 운명이라는
벨트의 칸을 뒤로 묶어 놓고
근심걱정 노심초사가
저 달 속에 있어 땅만 보고 걷습니다
달빛이 밝혀주는 이 길
갈대가 고개 숙인 그 길
달이었다가 갈대이다가
맘에 들지 않는 돌부리 하나 발길질
어머니의 애창곡이 내 노래가 되었습니다

매화

불러서 오는 게 아니란다

감당하기 어려웠던

흩어진 시간들

사임당 뒤뜰을 지나서

마태복음 5장*을 거쳐서

해와 같이

달과 함께

오늘

온

너는

배시시 웃지 마라

향기도 내지 마라

머리쓰개 눈만 빼꼼

외길에 버선코가 바쁜데

기다림이 길었던 지난 겨울

너를 외면해 본다

내 안에 늘 배고픈

기다림을 눌러 놓고

---

*마태복음 5장: 슬퍼하는 자는 복이 있나니 (5장 3-12절)

독도

스멀대는 안무가
달빛을 가리고
천지분간 안되어도
파도 너는 부서질 줄 알면서
쉼 없는 두드림
무슨 말을 하고 싶었는지

천진난만하게
햇살이 찰랑대어도
익숙해진 그 길로
죽어서 살아내는
파도
끝없는 외침을
우린 듣고나 있는지

쓰고 짜고 매운 이야기
수천 년 혼자 써내려 가면서
이제는 우주에 풀어내어

파도

달의 시간을 살고

해의 시간을 살았던 내 친구

무궁화꽃

찻잔

너를 만날 준비에 가슴 뛰고 있다
쉼표처럼 느낌표처럼
우리 만나서

가을이 깊어가는 향기
담배 연기처럼 타다가 만 이야기가
허공으로 날으면

너를 잡고
알 듯 모를 듯 미소도 짓고
그런 나를
따뜻하게 안아 주는 너

네 마음에서 나와 함께했던
모든 이의 그리움이 세월만큼 우러나도

젊음도 함께하며
흠집이 있어도 버릴 수 없었던

나만의 너

그윽하게 바라보다 뜨거움이 비워지면
다시 만날 사랑 잠시 또 이별을 한다

피고 지는 곰배령

곰배령 연내리 금옥 씨는
나이가 쉰넷
담배도 피고
강아지 식구가 이십여 마리
깊은 계곡 칠흑 같은 어둠만이 있는 곳에
혼자 사는 여인입니다
정리되지 않은 뒤뜰
들꽃 사이 고추 파 함께 자라고
감국 인증쑥 구절초 야생박하
한 잎 한 잎 차를 만들고
자연과 함께 인생도 만듭니다
일 년 중 겨울은 휴가입니다
새벽 세시 별이 제일 이쁘다면서
쏟아지는 근심 같은 별도 보고
노을이 예쁘면 날씨가 흐리고
밤하늘이 아름다우면 재앙이 온다면서 웃는 그녀
왜 이곳에 있는지
무슨 연유인지 알 수 없으나

궁금했으나
묻지 않기로 했습니다
유리잔에 감국 구절초 다시 피고
이야기도 피고
이 밤도 피고
이부자리도 피다가
아침 오면 모두가 지겠지요

여자의 눈물

여자는
배가 고프다고 했다
놀다 가라 붙잡는
여자의 눈물을 외면했다

삶은 멀리서 보면 희극이지만
가까이서 보면 비극이라 하듯이
전쟁이 끝나고
살만 남은 우산이 되어
거리에 선 여자

몸으로 하루를 사는 여자
가장 솔직하게
돈을 버는 여자
세상은 여자를 울렸으나
아무도 달래주지 않았다

뿌리쳤던 여자의 손에

10불을 쥐어주지 못했던

육십 년 전 젊은 날의 남자가

여자의 눈물을 잊지 못한다

가을 삶

등이 굽은 농부는
들녘의 땅과 하나이고
가을 바람과 하나이고
구름 한 점 없는 하늘과 하나였다

당신의 삶이 그냥 가을이다

나는 창가에 앉아서
여기 들꽃 핀 언덕을 바라보고
단풍 내린 먼 산을 바라보고
저기 구름 걷힌 가을 하늘 곱다 한다

나는 그냥 가을 구경꾼이다

가을이기에

바람은 가을 어귀 한 조각 물고
이미 열린 내 창을 두드립니다
갈 잎 향기 짙은
그곳에 가자 합니다

산심 계곡은 새파란 강물을 물고
능선은 깊고 푸른 하늘을 물고
두 팔 벌려 강강술래
황홀함에 취했습니다

기다림 끝에 가을이 가득 찼습니다

너른 들판 결실이 터지고
나뭇잎은 일제히 열정으로 치닫고
우리는 삶의 몇 번째쯤에서 이 축제를 열어
누구에게나 뜨거운 악수를 청하고 싶습니다

모두가 가을이기 때문입니다

한 남자

저기 한 남자가 걸어가고 있다

부족해서 미안하고
모자라서 아픈 것을
마중물 같은 사랑으로
남자는 아버지가 되었다

여명이 새벽을 깨우고
안개 짙은 길 위에
꽃 하나 피고
별 하나 피고
비 오면
쉬어는 가도 되돌아가지 못하는 남자는

있어야 할 그곳에 있기 위해
길이 없는 그 길을 전설처럼 가고 있다

사랑에는 옹졸하고

고마움에는 무뚝뚝하며
미안함에는 부끄러운
어색함을 깨고 싶어
길 위에서 끝없는 산책을 하는 남자

길이 끝났을 때
낙엽처럼 손을 들어 안녕하는 남자

고백

세상에서 가장 아름다운 것이 사랑이라면서
때로는 그 사랑 죄가 될 때 있다기에
심장 없이 살았다
달리는 말은 뒤를 돌아보지 않듯이
삶이 단호하게 돌아설 그날까지
앞만 보고 달려가고 있다
저승에서 벌은 돈 이승에서 쓴다는
해녀의 물질이 팍팍해도
모로 가도 서울만 가면 된다는 편법이 난무해도
갑질을 넘어서 올질 서슬 퍼런 21세기가
웃프다고, 별이 없는 하늘을 보며
문득 어린 시절 쏟아질 듯 찬란했던 별밤이
터질 듯이 그립다
내가 선택한 것들이 나를 아프게 할 때
돌아보면 바보 같은 일이 한두 개가 아니겠지만
혹시라도 내가 준 상처를 나만 잊었다면
뒤늦은 고백이
저 혼자 흐느끼다
캔버스 하얀 고향집 마당에 떨어진다

하이힐 신은 능소화

능소화 고운 별 그리워
하늘 쫓아 줄 타기하는 여름
'네 감정 묻지 않을래'
야박해진 세상인심 때문에
상처받기 싫다며
옆은 보지도 않고 위로만 오른다
지구는 리우 올림픽 함성으로 가득차고
대한민국은 사드 문제로 시끄러운데
여름은 길고 더워 지루하다
그러거나 말거나
발그레한 부끄러운 속내
푸르름으로 감추고
도도한 이상만 남아
때로 소나기 잔소리처럼 쏟아져도
자상함이 들어있어 용서가 된다면서
굽 높은 하이힐을 내려놓지 못한다
지지대가 없으면 꿈도 못 꿀 것을
여름이 다 가도록
능소화는 깨닫지 못할 것이다
내가 그랬듯이

삶의 혼돈

먼 산 능선이 능선을 물고
깊은 침묵으로 잠이 들었을 때
파란 하늘이 울타리를 치고
구름 걸어 쉬어갈 때
이름도 없고
나이도 없는
그리운 얼굴 하나 능선에 올렸을 때
해가 되고 달이 되어
눈 감아도 그 얼굴 다시 내게 올 때
타는 목 추기고 숨이 차는 문턱을 넘어설 때
우여곡절 끝에 어둠에서 그 얼굴 찾았을 때
남들이 불러주는 그 이름 들었을 때
바다는 갇혀있고
꽃은 꽃이 아니며
나는 내가 아님을 처음 알았을 때
현존의 내 삶이 온통 어지러울 때
시어를 쫓아 나를 찾기 시작했을 때
그녀를 내 삶의 연인으로
숨겨 놓았다

세발 자전거

시끌했던 놀이터
밤이 내려 조용한데
구석에 무심히 세발 자전거
천사가 두고 잠이 들었다
슬퍼 보이는
그 밤
달님이 내려와서 놀이터 한 바퀴
별님이 내려와서 밤새 놀다가
가만히 아침을 주고 갔다

두고 간 거울

싸리꽃 알알이 터져
갯가 산책길에 여름 향기 짙게
무리 지어 웃어주던 저녁

무심히 들어온
주차장 구두 한 켤레
가지런히 벗어 놓고 누가 떠났나

사랑해서 미운 거라면
데려가 주셔요
미워서 미운 거라면
잊어 주셔요

멋쩍은 두 볼에 부끄러움
간절한 눈망울이
묻지도 않았는데
'그냥 기다릴게요' 한다

매일 보는 거울처럼

어떤 사람 뒷모습

저녁 잠 뒤로하고

안녕한지 묻고 싶어

감사한 전등불

점동면 덕평리
김기순 할머니는
노인정 20년 타짜이시다

〈벤자민 버튼의 시간은 거꾸로 간다〉
영화처럼
유모차 줄 맞추어, 구부러진 세월

삼 년 전에 영감 먼저 보내고
짝 잃은 과부가 셋
병상에 누운 할아버지 둘
그럭저럭 정자에 나와 세월 보내는 노인 셋

자식들네보다
내 집이 편타시며
평생 익숙한 여수내 다리를
해가 뜨면 건너서
해가 지면 건너오는 윗말 엉정골

김기순 할머니네는
오늘도 감사한 전등불이 커졌다

노신사

체리 한 줌에
사랑을 가져 가시랬더니
내 평생 그래 본 적 없다 하시네요

여심을 모른다고
남심을 흔들어도
손사래만 치시네요

20대 청춘 세상 여담
기울여 듣다 보니
인물 좋고 풍채 좋던 청춘은
60년 전으로 묶어 놓고

『바람 되어 흘러 간다』
제3시집이 그때를 대신하시네요
젊음은 실수를 많이 하여 후회하고
나이 드심은 아쉬움에 더딘 발걸음

노신사가 미소를 남기고
자리를 뜨시네요

달팽이

산책길에 만난 달팽이
낮에 비가 온 탓일까
어려도
늙어도
집 하나씩 짊어지고
길 위에 있다
머무는 곳이 터전이고
나서면 여행길이고
소유한 게 없으니 자유롭다

사람은 떠난다
집에 있어야 할 모든 것들 싣고
목적지가 없는 너는 느리고 느리고
나는 바쁘고 빠르다

누가 더 진정한
트래블일까
떠날 때부터 번잡함
목에 걸고 휘청거린다

목적지는 같지 않아도
까닭은 서로 달라도
선을 맞추고
신호를 지키면서
우리는 달리고 있다

–「잠 못드는 밤에」부분

벽에 걸린 미소

4

잠 못드는 밤에

새벽녘
정적을 깨고 달리는 자동차
이유는 몰라도
나도 깨어있다

문득
해 뜨기 전
나도 세상 밖을 달려보고 싶어졌다

목적지는 같지 않아도
까닭은 서로 달라도
선을 맞추고
신호를 지키면서
우리는 달리고 있다

너무 멀리 가버리면
동트기 전 1102호
오지 못할 것 같은데

나서자마자
돌아와야 한다는 복잡한 상념
어디에도 온전한 나는 없었다

무엇이 문제일까
누가 나에게 자유를 박탈했을까

약속

욕심이
매화 한 그루 테라스에 옮기고
설중매를 기다렸다

긴 겨울 지나고 삼월이 되어도
봄이 지나고 여름이 와도
고목처럼 버티고 서서
말이 없다

어디서 잘못된 걸까
지나친 애정에 탈이 났을까

밤이면 달도 걸고
낮이면 해도 걸어달래지만
도도하고 차 빠져서
삐졌는지 잊었는지

다시 오는 봄까지만
혼자라도 널 기다릴 거야
차이든 말든

외로워야 보이는 것들

지독하게 외로워야
별이 보이고 네가 보이고
지독하게 고통스러워야
소중함이 보이고 내가 보이고
다 보고 싶을 때
눈을 감듯이

불 꺼진 등대는 더 이상 항구가 아니고
지천에 개망초 대공 세우고
돌개미 줄 지어 관광버스 나들이 간다
나도 따라갈까 말까
오늘 밤 고민을 좀 해야겠다
새치기 안될 텐데

느티나무

보라
저 능선을 휘돌아
말 달리던 장수
창공 구름 한편 역사는 비로 내리고

몇백 년 느티나무
누가 두고 갔나
지금도 그 자리

병자호란 인조의 피정도
장수의 시름도
어느 병사의 사랑 이별도
보았겠지

잎새 하나하나
전하지 못한 마음
오늘 우리 노래도 들었겠지

사대성문 한양 땅으로
길이 열리면
분주했던 마차 소리 감감한데

오늘 밤은 KBS 열린 음악회
느티는 잠을 설치고 기다리겠지 또.
어제처럼!

나는요

눈 내린 세상은
무엇을 덮고 싶었을까
먼저 간 영혼들이
세상에 쓰는 편지였을까
나 저 길을 다시 걸어
지난 발걸음 지울 수 있다면
날지 않는 새 타조가 되고
검푸른 바다 파도처럼 일어서고
차가운 밤 은하수처럼 빛나다가
푸른 청청 소나무
깃털 같은 눈송이 쌓여
제 무게 겹다고 늘어지면
아침 햇살 이쁜 날
바람도 살가운 날
물이 되어 흐르고 싶어

벽에 걸린 미소

할머니 손끝에서
기억 니은 디귿 리을
가을 꽂이가 쓴 편지
실에 꿰어 걸렸다

하늘과 땅 사이
바람이 소식을 주고
할머니 답가
그곳에 전해지면

함박눈이 쏟아지고 삭풍 불던 날
발자욱 없는 하얀 눈길 걸었나
주인 잃은 팥죽색 스웨터
벽에 걸려 웃고 있다

숲은 아직도 비다

장맛비라고 추적추적 온종일 발길을 묶어놓은 하루
잦아지는 빗줄기에 우산 들고 산책길 나섰다
벌레 먹은 나뭇잎에도 꺾인 나리꽃잎 위에도
넓은 후박 잎에도 내가 쓴 우산 위에도
마음 모아 자라는 것은 마찬가지다
숲에 다다랐을 때 수컷들의 전쟁터
비가 그치고 우산을 접었을 때 숲은 아직도 비다
바람 불면 위에 잎에서 밑에 나뭇잎으로
"톡톡 탁탁"
땅으로 떨어진다
빗방울 리듬은 클라이맥스
물방울 리듬은 안단테
나는 알레그레토
웅장한 오케스트라
숲은 세상보다 더 크게 들썩인다

불면의 밤

깊어가는 여름밤
창문 사이 몰래 들어오는 바람이
블라인드 줄을 잡아당긴다
밖에는 굉음을 내는 오토바이 소리 하나
종일 땡볕에 타던 아스팔트를
불만스럽게 촌음으로 달린다
한낮의 잔상들, 일테면
고속도로 방음벽에 그리움으로 매달린 능소화라든가
산책길에 만난 이국적인 스크렁풀
길 위에 말라죽은 지렁이들이
홀로 앉은 빈 공간을 순서도 없이 가득 채웠다
어지럽다
새벽이 되어서야 아직 어둠으로 기다려주는
이 밤을 함께 재울 수 있었다.

모두가 떠났다

마음이 시끄럽다가
백일홍 멍들어 피던
어린 시절 고향집이 보인다
장독대 키 순서대로 날마다 열병식하고
무궁화 울타리 비가 내리면
호박넝쿨 나팔꽃 어울더울 춤춘다
앞마당 황매는 여름내 서성이고
호두나무가 담 너머로 마실 가던 곳
바깥 마당 한켠에 장수 지팡이로 쓰인다는
명아주가 쑥쑥이 자란다
숨소리까지 넘나들던 쌍창문에
수줍게 매달린 꽃봉창 붉게 물들고
대청마루 바람길, 가지런히 놓인
다듬이 방망이가 졸고 있다
빨랫줄에 풀 먹인 옥양목 이불 호청 사이로
바람 잡는 숨바꼭질 순수했던 아이
기억으로 더듬은 봄날은 모두 떠나고
된장찌개 타는 냄새에
후다닥 감았던 세상이 보인다

해바라기

한여름 내내

가슴에 또박또박 새겨 넣은

까만 글씨 한 자 한 자

얼룩지면 아파할까 노란 편지봉투

이슬도 털어낸다

세월 흘러 앙상한 몸 끌어안은 채

못다 한 그 말

집어삼킨 목울음, 입술 꼭 깨물다가도

너만 보면 그 입술로 미소 짓는다

내 생애 남은 시간도

그대가 나침판

뼛속까지 그리움으로 피는 너

그 언덕에서 오늘도 쓰다듬는 눈빛

끝은 어딘가

그리움

까칠하기 그지없던 엉겅퀴 보라꽃
저녁 달빛이 희미하게 늘어져
솜방망이 풀어진 희뿌연 목화솜 이불이다가
안개 속으로 흩어진다
가느다란 팔 다리 링거 줄처럼 엉켜서
그 고왔던 들꽃 자태
기억의 거울 속으로 사라졌다
그 길 위에 어머니가 즐겨 입던
나비 무늬 노란 원피스
밑도 끝도 없이 자꾸만 따라온다
내 눈은 푸릇한 물푸레나무에도
노란 꽃대 올린 물 청포에도
밤이 되면 오므라지는 자귀나무에도
함께 걸어온 노란 원피스
하나하나 걸어둔다

친구

해 질 녘 들길에서 만난 민들레
울고 싶을 때 웃어버리는 너는
구름 같은 화관
그동안의 삶을 모두 담아 머리에 이고
실 같은 외다리 풀 섶에 묻었다
사랑앓이 가득했던 봄이 지나고
잘났어도 못났어도
떠나야 하는 시간 앞에 서 있는 너는
언제나 준비한 이별이라
슬퍼하지 않을 거라고
입에 달고 살았는데
이별은 언제나 목에 걸린 가시 같아서
오늘도 흔들리는 나

파랑새 개미

비가 그치고
이팝나무 꽃그늘 부드럽게 앉은 오후
햇빛 이쁜
산책길에서 개미 군집을 만났다
까맣게 인쇄된 글씨들이
쉼 없이 움직여 대자보를 만드는가
가만히 들여다보니
군중들의 집회 같기도 하고
전쟁터의 병사들 같기도 하다
아니 이제는 끝내고 싶은 장벽 아래
끊어내는 분단 칠십 년
북이 남으로
남이 북으로
땅굴에서 햇빛으로 나오는가
비가 와도
바람만 불어도
니가 보고 싶었다고
심장 끝에서 자유의 다리로 전진하는가
한순간 땅에서 하늘로
날개 활짝 펴고 꿈꾸는 파랑새가 된 개미

파리에서

봉수아의 아침은 젖고 있다
집시는 누워서 비를 맞고
사람들은 우산 없이 평화롭다
전설 같은 중세가
현세와 맞물린 파리에
기억을 잊고 싶은 여인이 서 있고
센강은 바람 일어 이방인을 감싸 안는다
가끔씩 햇살 사이로
옷을 벗는 파리는
어디를 돌아봐도 부러운 유산
낯선 이에게 수줍은 봉수아가
자꾸만 귓가에 맴돌고
그래도 내 나라에서는
그리운 것들이 다 담긴
첫눈 소식이 전해진다

달콤한 시간

한산한 골목길 담장
오후의 햇빛이 맑게 내려앉았다
지팡이 두 개 담장에 기대 서 있고
아이스크림 먹고 있는 노부부, 원앙처럼 앉았다
서로에게 거울이 되어 닦아주면서
꿈이어도 좋을 하루가 크림처럼 녹는다
담장 안에는 감나무 꽃잎이 다크써클처럼 내려앉고
밖에는 나는 없고 너만 있는 사랑이
말없이 피어 있다
미워하고 용서하는 세월이
얼마나 강물처럼 흘렀을까
지나고 보면 작아지고 작아지는
모든 날들이 아름다움이었음을
발아래 떨어진 감꽃 잎이
말하고 싶어 했다
주인 닮은 지팡이 두 개
젓가락처럼 나란히
햇빛 사이를 걸어간다

도라지꽃

정원이 아니라
텃밭에 피는 꽃
청보라 꿈을 꾸는 사춘기 같은 꽃
울 뻔했던 기억들만 모아서 피는 꽃
날고 싶은 꿈을 감추고
하루하루를 채워서
토동토동 오르는 이야기 보따리
나의 십대 같은 꽃
밝음이 저물고 어둠이 내리기 전
온화함이 땅에 내리고
너그러움이 하늘에 번질 때
물과 바람 햇살
담뿍 담은 부푼
꽃

차를 끓이면서

차 한 잔
포트에서 물이 끓는다
방울방울 이야기가 기포로 터지더니
이내 비가 내리기 시작한다
차가운 빗소리
찻잔에 옮겨지면
재즈인 듯 클래식인 듯
조금씩 잦아지는 빗소리가
김이 나는 뜨거운 눈물이 된다
아픔을 통해서 사랑을 배운 사람
고통을 통해서 세상을 배운 사람
물수제비 만들어 본 외로운 사람
모두 다
들고 있는 찻잔에
비밀을 마신다

오늘 차 한 잔 하시지요

숲은 아직도 비다

비밀이 지켜지지 않은 바다는
역사를 쓰지 않는 죽은 바다
거기에 우리가 떠 있다
바다는 혼자 울고 있다

-「그럼에도 불구하고」부분

오늘은그랬다

5

단상

꽃집에 들러 봄을 산다

차창 밖으로 한 남자가 걸어가고 있다
아주 짧게 스쳐간 사람이
하루 종일 머리에 있다
모든 것을 다 가진 사람처럼 하얗게 웃으며
허공에 두 팔을 높이 휘휘 저어
세상을 지휘하고 있다
아마도 막걸리 한 병쯤
　　　　　두 병쯤 아니
바람이 타는 가야금 소리 끌어안고
친구도 없이
세상의 술을 다 마셨나 보다
사람이 만든 전철도 안 타고
　　　　　버스도 안 타고
걷는 게 좋은가 보다
혼자가 좋은가 보다
집에 가기 싫었나 보다

이 화창한 봄날을 멋지게
지휘하고 싶었나 보다

구름도 오르지 못하는 산이 저기 있다

산

저 산은
내 어머니처럼
등을 내주고 기다린다
그 너머로 해가 뜨면 달이 진다
살다가 부치면
쉬었다 가거라
품었다 가거라
밟고 가거라
숨소리 고요한 아침에도
별빛까지 땅에 묻은 칠흑 같은 어둠에도
거기 엎드려 기도한다

그도 아버지였다

누워만 있어도 열 일을 한다는
아버지의 자리에
그가 있다
연애 시절 참 많이 그리워하고
사랑했던 사람
그가 반백이 되었다
기억에 없는 지나간 시간이
굵은 비처럼 서 있는 숲속에
비를 맞았나 하고 보면
진달래 사이로 햇빛이 떨고
새소리 맑은 숲이기도 했다
달빛 없는 밤에는
가로등처럼 거기 서 있고
파도 이는 바다에는
등대처럼 그가 있었다
나도 모르는 사이 내 마음이 사라져
그렇게 많은 겨울이 지나고
그렇게 많은 봄이 온 것을 나는 몰랐다
늦지 않고 싶다
사랑한다는 그 말

오늘은 그랬다

그린델발트 거대한 아이거산 아래
작은 집 올망졸망 불빛이 맑은데
밤새 눈은 내리고
시계 초침 소리 숨소리만
하얀 손을 타고 눈밭에 쌓인다
나가는 사람
들어오는 사람 없어
길은 사라졌지만
작은 새 한 마리
마당 깊이 내 창가에
그리운 것들 물어다 놓는다
차 한잔으로 머리를 씻고
눈을 축이고 입술을 감싸고
창가에 서성이는 오늘을 그려 넣는다
아직도 눈은 내리고

봄날은

헝클어지고 구부러진 갈대 잎 사이로
어미 닮은 새 순, 초록이 올라온다
갈참나무 아무렇게나 일그러진 잎사귀 뒤로 밤새
어린아이 젖니처럼 간지러운 눈 트고
악어가죽 같던 은행나무도
발꿈치 들어 세상을 본다
겨우내 이름표 없이 잠이 들더니
뛰는 숨소리 가장 가까운 그곳에
이름표를 달고 일어선다
어울더울 다른 듯 같은 목소리로
출석표에 답하고
일제히 봉기하듯 내달린다
결승선이 저기 보인다
채찍을 높이 들고 갈기 휘날리며
바람 타고 달린다
카메라 셔터가 쉴 새 없이 터지고
해마다 이맘때
레드카펫 위로 초록 걸음이
성큼성큼 지나고 있다

어머니의 봄

봄이 오면
속마음은 푸릿푸릿한데
쑥국새 울어 슬프다 하시던,
섬세함이 부족했던 젊은 날에는
그 마음 몰랐습니다
양지바른 나뭇잎 밑으로
숨어서 자란 나물 향기 식탁에 오르면
나는 왜 당신이 그립습니까
꽃, 잎 마다마다
가슴에 남는 소리
품기에는 애달파서 하늘 보면
그곳에도 가득하게 목련처럼 피는 당신
내게는
멈추지 않는 그런 봄이 아픕니다
그래도 기다려집니다
봄은 당신이니까요

산으로 올라간 물고기

암자 풍경에 물고기를 다는 것은
물이 없으면 하루도 못 사는 물고기처럼
쉼 없이 수양하라는 의미다
눈을 감아야 보이는 것이 더 많은 세상
소리로 머무는 찰나까지도
마음에 담아 유리알같이 맑게 살고 싶다
해가 제 할 일을 다 하고
달에게 세상일을 넘겨주는 밤이 되면
또 다른 내가 창가에 서 있다
오늘 하루는 어땠는지
파티의 마지막 장식이 꽃이듯이
삶이란
반드시 끝이 있는 드라마 같은 것
창밖의 나와 그 안의 내가
꽃 한 송이를 들고, 마침표를 찍는 나의 일기가
아름답기를!

김밥으로 사는 여자

오늘도 기적 같은 아침, 눈을 뜨면
천장이 보이고 어렴풋이 익숙한 공간
어제와 닮은 듯 다른 하루가
현관 밖에 서 있다
여자는 이불처럼 커다란 김 한 장을 편다
옷을 바꿔주지 않으면
계절이 가는 줄도 모르는 남편
오늘도 햄과 시금치가 되고
새벽에 일어나 눈도 못 뜨고 출근하는 아들은
단무지와 계란지단
목소리만 들어도 비타민이 되는 딸래미는
맛살과 우엉
나는 밥알 하나하나 접착제가 된다
꽉꽉 누르고 조여서 도르르 말아 놓으면
춥지 않게 아프지 않게
기도문 하나 참기름처럼 바른다
참깨는 아끼어서 톡톡
모두가 가는 길 말고

나만이 가는 길 찾겠다 하며
때로는 옆구리 터져버린 김밥
내일부터 진짜 폐업이다
하면서도 여자는 스프링처럼 일어난다

그럼에도 불구하고

바다의 비밀은 잠 못 이루는 파도가 지킨다
잠수부들은 내시경을 들이대고
지켜야 할 장기를 끌고 올라온다
자격증 없는 칼질을 하다가
입에 맞지 않으면 쓰레기로 버린다
바람이 불면 바다는 기침을 하고
바람이 잦아지면 바다는 침묵을 한다
짠맛을 가져 쓰라림을
홀로 즐길 줄 알아야 하는 바다
모든 것을 품은 바다는 언제나 외로움을 자처한다
태양을 밀어 올려 세상을 보고 오라 하고
밤이면 이야기를 듣는다
하고 싶은 절규를 삼키고
비밀을 지키려 기를 쓴다
소통은 그 속에서 진리처럼 흐르고 밀려 지구를 돈다
비밀이 지켜지지 않은 바다는
역사를 쓰지 않는 죽은 바다
거기에 우리가 떠 있다

바다는 혼자 울고 있다
미움까지 사랑해야 하기에
그래도 내일의 태양을 힘껏 밀어 올리는
바다는 바다이어야만 한다

첫 만남

네팔청년 Sandar
스물두 살 그는
히말라야산을 모른다고 했다
목장 직원으로 만난
외국근로자 Sandar는
긴장한 눈빛으로 나를 보았다
가족은 네 명, 여동생이 있다고
낡고 부서진 캐리어 하나
어깨에 멘 해진 가방
먹먹해지는 청년의 삶
해가 뜨는 것도
지는 것도 생략된 하루
낯선 땅 어스름에서
언제쯤 그가
환하게 웃어줄 수 있을까
밤이 참 길다

그 이름

키가 작은 너는
매년 오는 봄날 화려한 꽃잔치 끝나고 나면
한켠에 함초로이 보들보들
여름꽃으로 핀다
파도 치는 바다도 보고 싶고
구름 걸친 저 산도 궁금하지만
부끄러워 숨어서 낮게 피는 꽃
너무 일찍 그리움을 알아버렸나
온몸에 붉게 멍들어 피는 꽃
혼자 키워온 씨앗주머니
바람이 머물다 떠나면
숨겨 놓았던 기도가 주르륵 떨어진다
다시 또 그 여름 기다리면서
보드라운 흙 속에 묻힐 때
그 이름 봉선화라 적어 놓았다

손

피거라
이 세상 모든 꽃 찬란하게
혼자 쥐는 주먹보다
우리 맞잡은 그 따뜻함
활짝 펴서 우주를 담거라

어머니의 어머니가 피워낸 꽃

남편 먼저 보내고
울다가 울다가도
그 길은 못 따라가
일거리가 벗이 되어
철따라 장사 다니던 어미는
어둠이 내려앉은
귀신 나온다는 사챙이길
미친년 널뛰듯 내달리고
자식들만큼은 가을 하늘 구름처럼
가뿐하게 살아야 할 텐데
울고 있을 새도 없이
피워내던 꽃

그 꽃 진다
하루하루가
그 시절만 못해서

늦기 전에

어머니
저도 당신이 걸었던 그 길을 걸어가고 있습니다
개망초 만개해서 별이 내려앉은
들길도 걸어 갑니다
자귀나무 잎을 오므려 토라져 앉은
저녁 길도 걸어가고 있습니다

고백합니다

당신이
무엇을 좋아하는지
무엇을 하고 싶어 했는지
한 번도 생각 못했습니다

당신의 희생이
너무 익숙해서 감사하다 못했습니다
너무 사랑해서 사랑한다 못했습니다

항상 기다리기만 했던 당신께
별이 지기 전
아침 오기 전
오늘은 그 흔한 카톡 하나 보내렵니다

이해도 혼자 하고
용서도 혼자 하는 당신께
이제는 제가 먼저 동행하렵니다

할매

"봄 불은 여우불이다
조심혀야 돼" 잔소리 많은
꽃보다 이쁜 우리 할매
살면서 인내를 배웠다며
밭이랑에 코를 박고
허리 펴지 못해 꼬부랑 할매
콩잎이 어북* 떨어진 장딴지에 종일 붙었다
분주한 동동거림이
마실가는 걸음까지 바쁘다
올 때는 더디고
갈 때는 빠르기만 한
봄 같은 청춘
정성을 다해 살았건만
좋은 꼴도 보고
험한 꼴도 보고 사는 게
죽은 것과 다른 것인가
동네 사람 다 알어
할매 시집살이
부끄부끄한 손가락에

닳아빠진 반지

눈 감아도 빼지 못할 약속 하나

봄바람이 할매 구름 타고

오락가락 거침이 없다

<hr>

*어북: 충청도 종아리 근육의 사투리

동창회

하얀 손수건 이름 석 자 가슴에 달고
낯선 긴장 하늘만큼 큰 운동장
긴 세월 육 년 동안
아름다웠던 친구들
정각사, 청룡저수지
봄, 가을 번갈아 소풍 가던 길
그대로인데
뒷산 솔방울 주어
난로도 피우고 도시락도 데우고
우리는 그렇게 성장하고 있었는데

오십 년이 지나
누가 누군지
도대체 알 수 없는 얼굴들
묻고 또 묻고
얼굴과 이름이 연결되지 않는
그 세월을 뛰어넘고 싶어
따뜻한 악수를 한다

어쩜 그리운

그때 그 모습

짠하고 시큰한

뜨거움이 올라오고

우리는 각자 어느 곳에서

나무도 되고 꽃이 되었다가

오늘 산 자의 잔치에 모였다

강물은 흘러갔고

우리는 같은 강물에 두 번

들어가지 못한다는

헤라클레스의 말을 실감하면서

"다음에 또 보자"라는 말을

지극히 주관적으로 남겼다

오동나무

61번지 1번가
오동나무 두 그루가
마당을 지키는
보초병이 되어 서 있다
한 그루는 61년
또 한 그루는 56년의 나이다
두 딸을 가진
아버지라는 이름으로 심겨져
그늘을 만든 나무
계절이 바뀌면
마디마디 다른 얼굴로
막내딸을 바라본다
아버지 등 뒤에서
지금도 자라는 오동
큰 나무 주인도 아버지도
세월 속에 잠이 들어
그리우면 홀로
그 곁에 기대본다

숲은 아직도 비다

나도 모르는 사이 내 마음이 사라져
그렇게 많은 겨울이 지나고
그렇게 많은 봄이 온 것을 나는 몰랐다

－「그도 아버지였다」 부분

작품해설

시는 언어라는
도구로 집을 짓는
초월의 경지

지연희 | 시인

시는 언어라는 도구로 집을 짓는
초월의 경지

●

지연희(시인)

　　시는 일상적 삶의 저변에서 일어나는 감정을 채질하여 언어로 구현하는 문학 장르이다. 시는 언어라는 도구로 집을 짓는 초월의 경지에서 시도하는 결과물이라 해도 좋을 것이다. 거듭된 산고 끝에 애벌레가 몇 겹의 탈피로 터득하는 위대한 산물이지 싶다. 무한한 상상력과 감각으로 해체하고 결합하는 언어의 질서 속에서 가늠하는 한 송이 꽃이다. 때로는 잎을 피우기도 하지만 때로는 겨울 나목과 같이 가지로부터 수만 분신들과의 이별을 감내하기도 하는 절대적 가치의 존재이다. 까닭에 시는 초탈의 경지에서 시인이 기대하는 의미의 언어와 만나게 될 때 무한한 기쁨을 체득하는, 그 무엇도 견줄 수 없는 희열이다. '시는 어떤 설명할 수 없는 방법으로 또한 어떤 기록 서사물로도 표현할 수 없는 방법으로 인간의 삶의 세계와 체험의 세계를 그려내고 그 축척에 공헌하는 문학 장르'라는 것이다.

● 작품 해설 _____

  냉철한 반목으로 문 닫아 걸 수 없는 맹독성의 시혼을 지닌 시인들이 있어 대한민국 시단은 마른 나무처럼 시들지 않는다. 비교적 길지 않은 시간을 공들여온 파릇한 시심으로 한 권 분량의 시를 엮어 첫 시집을 출간하게 된 윤복선 시인은 열심히 쓰는 시인이다. 일상처럼 시를 쓰는 사람에게는 대적하기 어렵다고 한다. 일정한 습작기를 거쳐 2016년 문파문학 신인문학상 시 부문에 등단하여 활동하던 시인의 열정은 남다른 모습이었다. 그 같은 최선의 투신이 한 권의 시집 출간의 근간이 되었다고 본다. 총 85편의 시들이 지니고 있는 메시지는 서정적 시각으로 포착한 일상의 편린들이다. 그러나 윤 시인이 내다보는 다각적인 시선에는 평범한 일상이 일상으로 남지 않는다는 점에 주목하게 한다. 시적언어로 특화되고 확장되어지는 깊이에 맞닥뜨리게 된다.

> 너의 눈빛은 삶과 죽음의
> 경계가 있었고
> 나의 눈빛은 호기심과 두려움이 있었다
> 동네 노랑 빵집에 가는 길
> 비가 내리기 시작했다
> 다시 그 길을 돌아올 때
> 너는 나무숲에 웅크리고 있었다
> 나는 지나쳤다가 다시 돌아가
> 빵 한 개를 내밀었다
> 녀석과 나 사이
> 빵은 무엇이었을까
> 참 오래 생각해 보았다
>   -시 「너와 내가 같은 빵을 먹던 날」 중에서

노랑나비 아지랑이 사이로
산천에 어지럽다

배고개 성황당 하얀 고무신
모퉁이 돌고 돌아

백탄 석탄 타는 가슴
돌 하나로 올려놓고

내 새끼가 나비고 꽃이구나

졸음 온 손녀는 등나비 되어
오는 봄도 가는 봄도 무념인데

지금은
흑백사진 하나가 거기 걸렸다
　　　- 시「봄 나들이」전문

　　간혹 우리는 너와 나의 긴밀한 관계로 살아가지만 때로는 서
로에게 신뢰가 무너져 의심하고 경계하게 될 때가 있다. 무엇보
다 믿었던 사람에게서 느끼게 되는 불신은 슬픔이 되고 나아가
아픔으로 잇게 되고 만다. 시「너와 내가 같은 빵을 먹던 날」은
고양이와 나의 불신을 다루고 있다. 길을 지나며 처음 만나게 되
는 관계이긴 하지만 화자가 고양이와 눈이 마주쳤을 때 순간 극
명하게 몰아치는 섬뜩함으로 너와 나의 관계는 알 수 없는 회의
懷疑로 가득하다. 시인은 이 냉혹한 관계를 신뢰로 회복하려 한다.
이 노력하는 과정이 이 시의 메시지라고 할 수 있다. 나무숲에 웅

크리고 있던 고양이에게 다가가 빵 한 개를 내밀며 '너는 삶과 죽음 사이를 생각했고 나는 호기심과 두려움으로 가득하여 마주 섰다는' 의미를 던진다. 그리고 질문하게 된다. '녀석과 나 사이/ 빵은 무엇이었을까' 참 오래 생각해 보았다는 이 마지막 행의 의 도는 스스로의 해답을 유보한 독자를 향한 질문으로 자유로운 대답을 기대하게 한다. '生-빵' '신뢰-불신' 사이의 이 경계는 무 엇을 남기려 하는지 유추해 보아야 할 것이다.

시 「봄 나들이」는 하얀 고무신 신고 성황당 모퉁이를 돌고 있 는 할머니의 간절한 기원을 선명한 그림으로 만나게 한다. 등에 업힌(등나비) 손녀는 '오는 봄도 가는 봄도 무념'일 뿐이지만 할 머니는 '백탄 석탄 타는 가슴'을 성황당에 돌 하나 올려놓고 기도 드리고 있다. 그 같은 봄날의 할머니를 회억하는 그림이 이 시의 메시지이다. '노랑나비 아지랑이 사이로/산천에 어지럽다'는 이 배경은 '하얀 고무신'과 '아지랑이 사이의 노랑나비' '성황당과 돌' '백탄 석탄 타는 가슴의 할머니와 등에 업힌 손녀' 등으로 조 합된 봄날의 엽서 한 장이다. 그러나 그 옛 시절을 지나 '지금은/ 흑백사진 하나가 거기 걸렸다'는 할머니 부재의 오늘을 아파하 지 않을 수 없다. 봄날의 할머니를 핵심 주재로 그림을 그래내고 있는 이 시는 하얀 고무신 신은 할머니 부재에서 벗어날 수 없는 슬픔이다.

그래도 봄은 왔다
저녁 하늘이 일상을 안고
이불을 깔고 누웠다, 그날
밤새 실바람 일더니

어린아이 젖니처럼 새순이 돋고
아침 눈뜨니 지천이 꽃이다
소나무 젖살이 오르고
미루나무 아기 손 춤 사래 아리한데
무슨 까닭일까 바람도 머물지 못해
이름도 얼굴도 잊었다
홀로 벗은 몸 하나 덩그러니 부끄러워
잠 못 이루는 밤
차라리 괜찮다

　　　　　　－ 시 「나목」 전문

봄비
땅을 때리고 튀어오르면
꽃잎으로 피다가
바다가 된다

우산 위로 쏟아지는 멜로디
이름 없는 뮤지스가
땅속까지 춤추게 한다

빨간 신호등이 바뀌고
빠르게 연주되는 피아노 건반 위로
맨발이 내달리고
행선지도 모르는 333 버스에
냅다 뛰어올라

멈추지 마라
생애 단 한 번만이라도

● 작품 해설 ＿＿＿＿＿＿＿＿＿＿

젖어 보련다

후회 없이 꽃이 되련다

　　　　　　　　　　　　- 시 「봄비 오는 날」 전문

　윤복선 시집에서 낯익게 펼쳐지는 그림을 손꼽으라 한다면 봄
에 대한 시선 모음이다. 봄날에 대한 섬세한 조각들이 다방면으
로 스케치되어 생명력을 보여준다. 특히 시 「나목」의 언어들은
파릇이 돋는 새싹처럼 생생한 울림의 상상적 소재들로 낯설게
한다. 낯익어 흐물거리는 낡은 소재가 아니라 비유적 이미지들
의 조합이 새로운 의미로 눈뜨게 한다. 와츠-던튼Watts-Dunton)은
'시란 인간 정신의 예술적 표현이다'라고 했다. 언어의 예술성을
말하는 부분이다. '그래도'는 그럼에도와 같이 '무엇' 함에도 불
구하고 봄은 왔다는 것이다. 그 같은 삭풍의 겨울이었음에도 딛
고 일어선 자연의 의연한 모습을 전제로 한다. '저녁 하늘이 일상
을 안고/이불을 깔고 누웠다, 그날/밤새 실바람 일더니/어린아
이 젖니처럼/새순이 돋고 아침 눈뜨니/지천이 꽃이다'는 봄날의
경이를 시인의 정신으로 표출한 예술적 감각에 독자는 감동적으
로 받아들이지 않을 수 없다. 저녁 하늘이 일상을 안고 이불을 깔
고 누웠다는 발상은 예술 표현의 극치이다. 이어지는 면면의 언
술들은 윤복선 시의 놀라운 성과이며 성숙한 시인으로의 가능성
을 내다보게 하는 요소이다.

　시 「봄비 오는 날」 또한 '봄비/땅을 때리고 튀어 오르면/꽃잎으
로 피다가/바다가 된다'는 비의 동적 움직임을 연상하게 하는 화
법으로 땅을 때리고 튀어 오르는 빗방울이 꽃잎처럼 지면으로
피어나는 모습을 연상하게 하고, 그 많은 물방울이 종래에는 바

다로 가 닿을 것이라는 상상력을 유추하게 하는 대목이다. 나아가 우산 위로 쏟아지는 멜로디(빗방울소리)는 이름 없는 뮤지스가 땅속까지 춤추게 한다는 것이다. 이 장엄한 빗방울의 존재는 빨간 신호등 아래 피아노 건반을 만들고 맨발의 무희가 내달리는 상상의 세계를 열고 있다. 결국은 행선지도 모르는 333버스에 올라 생애 단 한 번의 자유, 후회 없이 꽃이 되려는 빗방울의 음모를 시도하고 있다. 참으로 도발적인 상상으로 연속되는 시「봄비 오는 날」의 감각 속에 스며들지 않을 수 없다.

그립다 말하고 얼굴 들어 하늘 보면
목련 한 송이 핏기 없는 얼굴로
웃어주는데 슬픈 그녀
맞잡은 손은 기도 없는 촛불
등 뒤로 따라오는 달빛은 고운데
소리 없는 발자국
안개 스치는 공기처럼 날린다
멀리 있어 그윽하고 맑은 향기
혼자 하는 이야기가 목련으로 터지다가
나에게도 잔인한 4월이
찬찬히 흩어진다
아름다워서 서성이는 길 잃은 나그네 같은 봄
그리고 목련
그리고 내 언니가 있다

- 시「마지막 봄」전문

싸리꽃 알알이 터져
갯가 산책길에 여름향기 짙게
무리 지어 웃어주던 저녁

무심히 들어온
주차장 구두 한 켤레
가지런히 벗어 놓고 누가 떠났나

사랑해서 미운 거라면
데려가 주셔요
미워서 미운 거라면
잊어 주셔요

멋쩍은 두 볼에 부끄러움
간절한 눈망울이
묻지도 않았는데
'그냥 기다릴게요' 한다

— 시 「두고 간 거울」 전문

   시 「마지막 봄」은 목련의 슬픔이며 그녀라고 하는 언니의 마지막 미소를 그려내고 있다. 이별의 아픔이 내장된 핏기 없는 목련의 애달픈 이별이 소리 없는 발자국으로 그리움을 더하는 것이다. '그립다 말하고 얼굴 들어 하늘 보면/목련 한 송이 핏기 없는 얼굴로/웃어주는데 슬픈 그녀/맞잡은 손은 기도 없는 촛불'로 존재하는 것이다. 존재가 부재한 기도 없는 촛불 같은, 소리 없는 발자국이다. 다만 봄이면 한 송이 목련으로 피어나 안개 스치는 공기처럼 불투명한 안부를 묻게 된다. '멀리 있어 그윽하고 맑은 향기/혼자 하는 이야기가 목련으로 터지'는 것처럼 나에게도 잔인한 4월이 찬찬히 흩어지게 된다. 아름다워서 서성이는, 길 잃은 나그네 같은 봄의 그곳에는 목련이 있고, 내 언니가 있다. 4월 그 어느 날 언니는 목련 한 송이로 피었다가 지고, 핏기 없는 얼굴로 슬프게 웃고 있을 뿐이다. 위대한 시의 불가결한 요소는 바로 구체성이다. 4월 어느 날 한 송이 목련으로 피어 있는 핏기 잃은 언니의 모습을 형상화 시킨 시「마지막 봄」은 목련-언니-4월의 슬픔으로 제시한 구체적 표현의 좋은 예시이다.

시「두고 간 거울」에 비친 존재의 흔적을 짚어본다. 주차장에 놓여 진 구두 한 켤레의 단상이다. 윤복선 시의 언어구조 속에는 정겨운 서정으로 물든 이야기가 문득 문득 독자의 감성을 지배하게 되어 이해력을 가중시키고 있다. 점층적으로 이어지는 의미의 전개는 행과 행 사이에 깃든 감정의 낱 올들을 구체적 언술로 설득해 내는 능력을 보여준다. '싸리꽃 알알이 터져/갯가 산책길에 여름향기 짙게/무리 지어 웃어주던 저녁//무심히 들어온/주차장 구두 한 켤레/가지런히 벗어 놓고 누가 떠났나' 주차장에 벗어 놓은 구두 한 켤레를 발견하고 의미를 부여하는 시인의 상상력이 무심한 존재를 유심으로 잇게 하는 요소이다. '사랑해서 미운 거라면/데려가 주셔요/미워서 미운 거라면/잊어 주셔요' 하며 사랑 아니면, 미움에 의한 한 켤레 가지런한 구두의 사연에 관심을 증폭시킨다. 하지만 묻지도 않았는데 놓여 진 구두는 '그냥 기다릴게요'라며 깊이 생각할 겨를도 없이 단호한 의지를 표명하게 된다. 간절한 구두의 기다림은 무엇일까. 깊은 신뢰와 믿음의 아름다움이 옹벽처럼 단단한 온전한 사랑이다. 어떤 이유에서건 자신을 찾아올 것이라는 믿음이 크다. 구두는 주인의 거울이며, 주인에 대한 주인에 의한 사랑이 따뜻하게 흐르는 좋은 시 한 편이다.

눈 내린 세상은

무엇을 덮고 싶었을까

먼저 간 영혼들이

세상에 쓰는 편지였을까

나 저 길을 다시 걸어

지난 발걸음 지울 수 있다면

날지 않는 새 타조가 되고

검푸른 바다 파도처럼 일어서고

차가운 밤 은하수처럼 빛나다가

푸른 청청 소나무

깃털 같은 눈송이 쌓여

제 무게 겹다고 늘어지면

아침 햇살 이쁜 날

바람도 살가운 날

물이 되어 흐르고 싶어

　　　　　　 - 시「나는요」 전문

해 질 녘 들길에서 만난 민들레

울고 싶을 때 웃어버리는 너는

구름 같은 화관

그동안의 삶을 모두 담아 머리에 이고

실 같은 외다리 풀 섶에 묻었다

사랑앓이 가득했던 봄이 지나고

잘났어도 못났어도

떠나야 하는 시간 앞에 서 있는 너는 `

언제나 준비한 이별이라

슬퍼하지 않을 거라고

입에 달고 살았는데

이별은 언제나 목에 걸린 가시 같아서

오늘도 흔들리는 나
- 시 「친구」 전문

'눈 내린 세상은/무엇을 덮고 싶었을까/먼저 간 영혼들이/세상에 쓰는 편지였을까' 시 「나는요」는 흰 눈 하얗게 내린 세상에 쓰는 먼저 간 영혼의 편지를 읽게 된다. 그것은 다시 삶의 세상에 걸어갈 수 있다면 지난 발걸음 지워내어, 날지 않는 타조가 되고, 검푸른 바다의 파도처럼 일어서려는 의지를 보여준다. 차가운 밤 은하수처럼 빛나다가, 푸른 청청 소나무 깃털 같은 눈송이로 쌓여 제 무게 겹다고 느껴 질 때가 되면 한 줄기 물이 되어 흐르고 싶은 삶의 지향점을 세우는 일이다. 아침 햇살이 지극히 '이쁜 날' '바람도 살가운 날' 고요히 물이 되어 흐르고 싶은 때 묻지 않은 순연한 삶을 살아보고 싶은 먼저 간 영혼의 부활 의지이다. 지난 삶의 모순을 흰 눈처럼 하얗게 덮어 지우고 싶은 바람일 것이다. 단 한 번의 삶, 리허설 없이 살다가 죽음이라는 굴레에 묶여 저세상에 진입하게 된 영혼들이 아쉬움 속에서 이 세상을 동경하여 부르고 싶은 노래일 것이다. 때 묻지 않게, 꽃처럼 아름답고 향기롭게 살다가 죽음에 이르고 싶은 갈망이다. 시 「나는요」는 '먼저 간 사람'이 눈 쌓인 대지에 띄우는 바람의 진술이다. 청정한 한 줄기 물살로 흐르고 싶은 욕망이다.

허심탄회하게 마음을 내어 주는 친구가 있다는 것은 백만 대군을 얻은 것보다 든든하다고 한다. 그러나 그 절대 사랑의 친구는 지금 떠나야 하는 시간 앞에 서 있다. 언제나 준비하고 있는 이별을 두고 슬퍼하지 않겠다고 하던 대상이다. 시 「친구」는 이별을 예비한 친구의 모습 앞에서 전전긍긍하는 나의 모습이다.

사랑은 아름다운 이에 대한 예의 같아서 시인은 해 질 녘 들길에서 만난 너의 모습을, 울고 싶을 때 웃어버린다고 했는지 모른다. 구름 같은 화관을 쓰고 어찌할 수 없는 이별을 아름답게 장식하려 했는지 모른다. '사랑앓이 가득했던 봄이 지나고/잘났어도 못났어도/떠나야 하는 시간 앞에 서 있는 너는/언제나 준비한 이별이라/슬퍼하지 않을 거'라고 했지만 나의 슬픔은 바람 앞의 촛불 같아서 극명한 불안을 내려놓을 수 없다. '이별은 언제나 목에 걸린 가시 같아서/오늘도 흔들리는 나'는 너를 보내야 하는 아픔으로 앓고 있는 것이다. 목에 걸린 가시처럼 불안을 등에 쥐고 있다. 참 친구를 보내야 하는 아픔이다.

한산한 골목길 담장
오후의 햇빛이 맑게 내려앉았다
지팡이 두 개 담장에 기대 서 있고
아이스크림 먹고 있는 노부부, 원앙처럼 앉았다
서로에게 거울이 되어 닦아주면서
꿈이어도 좋을 하루가 크림처럼 녹는다
담장 안에는 감나무 꽃잎이 다크써클처럼 내려앉고
밖에는 나는 없고 너만 있는 사랑이
말없이 피어 있다
미워하고 용서하는 세월이
얼마나 강물처럼 흘렀을까
지나고 보면 작아지고 작아지는
모든 날들이 아름다움이었음을
발아래 떨어진 감꽃 잎이
말하고 싶어 했다
주인 닮은 지팡이 두 개

젓가락처럼 나란히
햇빛 사이를 걸어간다
　　　　　　　- 시 「달콤한 시간」 전문

　육신과 정신이 노쇠한 부부의 빈한한 모습이 시의 전반을 끌고 가는 이 시는 그럼에도 '달콤한 시간'을 한 폭의 그림으로 조명하고 있다. 나는 없고 너만 있는 삶, 상대를 배려하고 염려하는 온전한 사랑이 노부부의 노을 빛 시간을 가꾸고 있는 것이다. '한산한 골목길 담장/오후의 햇빛이 맑게 내려앉았다/지팡이 두 개 담장에 기대 서 있고/아이스크림 먹고 있는 노부부, 원앙처럼 앉았다/서로에게 거울이 되어 닦아주면서/꿈이어도 좋을 하루가 크림처럼 녹는다'는 것이다. 시 「달콤한 시간」은 나를 버려 너를 세우는 희생적 사랑이 얼마나 아름다운지를 보여준다. 서로가 서로에게 베푸는 '나는 없고 너만 있는' 사랑이다. 오랜 시간의 축적으로 진정한 열매가 되는 달콤한 맛의 위대한 숙성이지 싶다. '미워하고 용서하는 세월이/얼마나 강물처럼 흘렀을까/지나고 보면 작아지고 작아지는/모든 날들이 아름다움이었음을/발 아래 떨어진 감꽃 잎이/말하고 싶어' 했다. 주인 닮은 지팡이 두 개가 젓가락처럼 나란히 햇빛 사이를 걸어가고 있는 달콤한 뒷모습이다.

　윤복선 시의 총체적인 인상은 없는 것을 찾아 있게 하고, 있는 것을 집중하여 실체의 본질을 드러내는 미로 찾기와도 같다. 작은 선 하나를 들고 동서남북으로 갈라 의미를 확대시키는 요술 지팡이를 마음 밭에 내장하고 있다. 그다지 길지 않은 문학수업을 통하여 큰 성과를 보여준 시인의 첫 시집은 '옥동자를 분만하

셨군요'라고 하시던 어느 선생님의 말씀을 빌어도 좋을 듯싶다. 더 큰 성장의 노력이 필요하겠지만 꾸준한 시 쓰기는 내일을 여는 원동력이 된다는 사실을 믿어도 될 듯싶다. 한 해를 마무리하는 끝에서 좋은 시 감상의 기쁨을 담을 수 있어 행복했다.

숲은 아직도

비다 _____ 윤복선 시집

숲은 아직도 비다

윤복선 시집